KB171019

강은 흐른다

안 건 일

•

책머리에

아무리 생각해봐도 빚진 건 없는데
이따금씩 까닭 모르게 미안스러워지는 건 왤까요?

이마에 달라붙은 팔순의 나이테 탓일까
저어되어
밀쳐둔 원고들 중에서
몸이 가벼운 민조시民調詩를 골라봅니다.
20여년, 습관이 되어버린 새벽등산길에서 주운
나뭇잎들, 달빛조각들
200여 쪽으로 책을 엮습니다.

글을 쓰는 것 말고는
내 능력으로 할 수 있는 게 따로 없으니
시집이라는 작은 몸부림으로
내 삶을 변명하는 몰염치를 범하려 합니다.

기러기떼가 동지의 차가운 하늘을 날며
서툰 글씨로 제 삶의 값을 점점이 찍고 있는 걸
흉내 내고 있는 걸까요?

2020년 12월에
안 건 일

•
목차

강은 흐른다

자화상을 보다가

나그네 길을

겨울을 사는 마음

차茶 따라 절기따라

강은 흐른다

기찻길

만나고

헤어지는

사연 저미고

비에 젖는 세월.

유채꽃

춘곤증
앓는 화선畵仙

깜박 졸다가
쏟아버린 노랑.

승무 僧舞

뜨건 피
도닥여 온
수도修道의 세월,

살풋 고개 드니,
학 한 마리 날다.

쑥

초록색
편지지에
보낸 이 이름

봄이라 씌었네.

지갑 속에는

퇴계와 사임당은

발이 굼떠

젊은 카드만

오락가락

바빠.

풀꽃

응달도
감사하는
당신을 보며

욕심 한 무더기,
내려놓습니다.

차창

그렸다

지우고는

다시 그리는

손 빠른 스케치.

우표

체온을

전하고자

침 발라 붙인

목마름 한 조각.

해돋이

바다가
불에 탄다,

나는 몰라라,

신이여 이건
당신의 몫이다.

사물놀이

세상사
어느 구석
아픔 없을까,

울음 같은 신명,
한풀이 한 마당.

여백

아기가
빨고 있는
엄마 젖꼭지,

유백乳白의 강에
해와 달이 간다.

대합실에는

만나고
헤어지는
인생극장엔,

출연료 없는
배우들뿐이다.

춘곤증

한파를

넘어서니

꽃파도로군,

멀미 탓인가

까닭 모를 피로.

솟대

풍년을
기구하는
하얀 농심이,

볍씨 매달고
우러르는 하늘.

대화

저 섬엔

누가 살까?

어둠 헤집는

연육교의 등불.

봄 멸치

만선의 그물코에
꿰인 봄
털면,

눈이 부시다
수만 쪽의 하늘.

봄내림

무당굿
풍각소리

무색옷 입은
신이 내려온다.

1 월

자는지 깨었는지
귀 기울이면,

먼 파도소리
정중동靜中動의 합성.

2
월

메마른

가지 끝에

햇살이 앉아

봄을 낚고 있다.

3월

얼은 임
오시노라
밝힌 매등梅燈에,

길 잃은 봄눈이
추위 피해 들고.

4
월

삼동三冬을 구웠어도
설익은 백자

봄앓이 겨워
부서지는 목련.

5월

꿈에 본
황홀경이
실존이라니,

당황하는 봄
모란 잎에 지다.

6
월

무심도
정이던가
박꽃의 미소,

여인이고 픈
해 질 녘 기다림.

7월

소나기
난타공연
막幕 내린 뜰에
박수치다 지친,
풋감이 누웠다.

8월

그이가

두고 떠난

그 여름밤을

모래톱에 묻고

잠 못 드는 파도.

9월

오늘은

돌담 넘어

가난도 좋은

고향 얘기로

가슴 붉은 단감.

10
월

설악동
할배 단풍
남도 나들이

피아골 그 할멈
올해도 곱겠지.

11 월

하산 길

배낭 속에

억새꽃 얘기

한 짐 지고 온다.

12
월

하늘을

우러르는

나목의 기도,

여윈 가지 끝에

얼어붙는 별들.

가는 길

그 잠깐
쉬어가는
이슬의 여정,

어느 풀잎이라
머물지 못할까.

연인들

주어서

행복한 삶

주고 더 받는

경제 이론가들.

나의 시
詩

봄 지는
어느 뒷길
지나는 누가,

한 마디 해줄까?
여기 꽃 있다고.

선잠을 깨고

새벽 닭
홰를 친다,

누가 오려나,

까닭 모를 설렘.

뿌리

겨우내
지열 빨아
마른 가지에
봄 피우는 모정.

우물가

갓난 애

두고 나온

새댁의 젖에

봄이 불어 있다.

봄 소풍

우물의
둘레만큼
내린 하늘에

잠 깬 개구리
구름 속을 헨다.

정월대보름

달구지

끌고 넘던

달밤 고갯길,

두 분 장승께

풍년 소망 빌고.

도라지

흰 적삼
파란 치마
저기
산 색시

봄 맑은 유혹에
발길 멎는 산행.

이슬이여!

그 잠깐
왔다가는
꿈길이어라,

눈부신 행마行馬의
가르침이거늘.

화려한 출발

하늘과
수평선이
입을 맞추면

뜨건 불기둥에,
눈을 뜨는 세상.

5월 아침에

눈뜨면

배달되는

황홀한 아침,

이 선물 받으며

신神을 생각한다.

백목련

눈 녹아
질척이는
삼월 저승길
흙탕 된 버선
뽀얗게 빨아서.

자식을
그리는 맘
엄마 편지로
마른 가지에
뽀송뽀송 걸어.

달력

드높이
돛을 맨다,

뱃길 험해도
해 지고 달 뜨면,
저만치 먼동이.

단오에는

향단아
그네를
밀어다고

치마폭 가득
바람을 안고파.

딸기

낙엽에
묻어놓은
소녀의 기도,

겨우내 익어
낯붉히는 삼월.

하얀 상처

찬바람
시린 가지
울음이 터져
2월 앓는 매향梅香.

강이 풀리면

오마 던
그 약속에
술이 익는 밤,

나이를 잊는
나루터의 여인.

입춘대길

겨울의
문턱 넘기
힘든 봄 아씨,

사랑합니다,
한 걸음만 더요.

자화상을 보다가

돋보기

무엇을

감추리오,

당신 앞에서

알몸이 됩니다.

부채

대밭에
서걱이는
바람 한 손을
벗하여 삽니다.

새벽

어둠 속
쌍은 밀어
행여 눠 알까,

흔적 지우는
안개꽃 뽀얀 길.

종이컵

입술만
가벼운가
가슴도 얇아,

한 번 뽀뽀로
헤어지는 풋정.

러브레터

마음을

못다 실어

찢고 또 찢던

스무 살의 열병

여든에도 앓고.

맥주

거품을
더불어야
살아있는 너,

생명을 마신다
입 안 가득 활력.

그릇

타고난

크기만큼

담으라 한다,

배고프지 않고

배탈 나지 않게.

환승역

오늘도 버릇처럼
갈아타려다
문득 깨닫고
그냥 지납니다.

이제는 당신번호
지우렵니다,
전화기 무게
너무 무거워요.

윤달

그믐달

사위어진

어둠 속으로

목말라 다시 온,

달그림자 한 쪽.

뻐꾸기

오뉴월
해 길어서
목이 쉰 울음,

핏빛 배는 하늘.

물거품

물 위에

그려보던

동그란 얼굴

바람 되어 간

바람꽃 한 송이.

김치찌개

빙그르

침이 도는

새큼한 정이

소주 한 잔을

친구로 청한다.

누룽지

아랫것

타는 설움

윗전이 알까?

뼈로 굳는 절규.

연필

필묵과

컴퓨터의

중간 세대를

열심히 산 선비.

실수

아! 뜨거

그건 불꽃

데인 상처를

사랑이란다,

평생을 쓰리는.

메아리

나는야

너를 찾고

너는 날 찾아,

산동네 쌍둥이

골을 훑는 바람.

산책

발자국
따라 피는
물기 한두 점,

괸 웅덩이에
초승달이 동동.

풀벌레

이슬을

먹고 살아

해맑은 노래

무소유의 법어法語.

날개

깃털에
묻은 하늘
털어 논 둥지,

그들의 밤은
늘 푸른 꿈이다.

낮달

손자가
접어놓은
하얀 종이배,

바람을 싣고
허공에 떠 간다.

공중화장실

급해서

도움 받고

돌아 나오며

혼자 하는 말,

‘내 세금 여깄네.’

등불

생명은
도전이다,

신이 준 어둠
태워 없애는
의지의 꽃이다.

수평선

부르는
소리 있어
귀를 열면

어느새 아득
허기진 그리움.

빈 잔

없는 듯
있는 향에
잔을 비우면

다시 채워지는,
산바람 한 자락.

월급쟁이 피서

모두가
가는 휴가
나라고 못가?

용장처럼 갔다,
죄인처럼 오고.

갯바위

태공이 낚고 있는
세월 그 외길,

가없는 길섶에,
바람꽃 울더니.

파도에 지문 닳고
눈귀 멀어서,

물새 쉼터 되는,
기다림을 산다.

그 얼굴

창틀에

스며드는

허기 같은 너,

우산 없이도

젖지 않는 미소.

Sex

음지에
드는 햇살

맑고 따뜻한
신의 선물이다.

생선회

싱그런

입맞춤에

몸을 뒤트는

먼 바다 물소리.

한려수도

누천년
감춘 속내
이젠 말하리,

잠든 안개 걷는,
섬들의 기지개.

하루살이

아! 뜨거

불속으로
날아들어
깨달은 생명

뜻 알고
떠나는
여름밤이 희다.

꽃밭

장마 뒤
달동네는
꽃밭이 된다,

벽에 천정에
얼룩 꽃이 활짝.

잃어버린 고무신

개울에
떠내려간
고무신 한 짝,

알 밴 송사리
산실이 됐을까?

오륙도

다섯이
여섯 되는
용왕굿 놀이,

헤아리다 지쳐
바위가 된 용왕.

여객선

만난 듯
헤어지는
사람 사는 길,

파도로 오고
바람으로 가고.

접시꽃

키가 큰
순서대로
시집간댔다,

뒤꿈치 치킨,
영이, 순이, 분이.

유엔묘지

지구촌
돌아돌아
목마른 6월,

어느 병사가
죽어 그린 평화.

우산 속에서

소나기
신들린 듯
난타 공연에,

젖어도 따슨
연인들의 대화.

거짓말

말斗술에

거나해진

말馬장수 말씀,

세상에 명마는

거짓말뿐이다.

무인도

아버지

가시던 날

외롬이 사는

섬 하나 보았다.

고속질주

우주선
꿈의 속도

백년쯤 뒤엔
삶을 좇아갈까?

성형수술

슬픔을
웃음으로
연기합니다,

그래
인생은
한 막 연극인 걸.

소금

그 안에

숨을 죽인

하늘과 햇살,

귀에 젖는 파도.

사진 / 차인식

나그네 길을

그믐달

둥지로
돌아가는
지친 날개가,

내일의 하늘을,
저기 걸어뒀네.

낙엽비

꽃보다
고운 눈물
그 향을 알까?

바람에 띄우는
엄마의 일기장.

늦은 국화

서리를
맞고서야
향이 깊어라

꽃술에 밴 세월.

가을 다대포

찢기는
파도 안고
울던 그 젊음,

흘러 다도해
몸을 푸는 노을.

홍시

산지기
소식 끊긴
빈 집 마당에,

늦가을 저 혼자
짓무르고 있다.

달무리

분이가
웃고 있다

내가 걸어준,
풀꽃 목걸이에

달빛 흠뻑 뱄네.

몰운대

다대포
굽어 뱃길
노을 하 고와,

수줍은 물안개
산을 돌아 숨다.

연꽃

고뇌를
딛고 일어
달이 솟는다,

미소 짓는 보살.

코스모스

맑아서
고운 웃음
바람 저만치,

늦더위 떠나는,
산모롱이 철길.

그림자

그리운
길이만큼
길어지다가

산마루 해 지면,
산울림 되느니.

경봉 鏡峰 선사 禪師

극락암
산그늘에
가을 설거지,

노승의 비질이
쓸어 담던 무상.

바람

순이의
갑사댕기
빼앗아 들고

솔가지에 오른,
개구쟁이 보소.

초로 初老

함께 한
봄가을에
불을 지피고

타는 낙엽내
매워서 웁니다.

덕수궁 가을길

임 없는
용마루에
달빛 시려도

은행잎 밟는
곰삭은 애기들.

장경호 長頸壺

마의麻衣로
사라져간
태자의 꿈이,

어둠 속 천 년
목이 긴 기다림.

종이학

날지는
못하여도
천 번을 접는,

소녀의 꿈은
기도보다 맑고.

운학문 매병

잠긴 듯
열린 옥빛
하늘의 신비,

구름 속 천 년
죽어서 사는 학.

추수 끝나고

농줏잔
주고받는
정자나무 밑
길 가던 낙엽이,
잔에 내려앉고.

가을남자

무더위
긁어모아
태운 모깃불,

짧은 밤 긴 얘기
잠을 잃고 만다.

상수리나무

도토리
키를 재는
시월 산길엔,

내가 크다 '톡'
아냐 내가 커 '톡.'

들국화

모두가

떠나버린

텅 빈 들녘에

화장을 고치는

저 여인은 누구?

10월 을숙도

찢기는
파도 안고
울던 그 젊음,

다시 오리라
노을 붉은 약속.

그 한 잔의 차

내 삶의

가을에는

내게 물으리

사랑했냐고

윤동주가 준

그 한 잔 따슨 차.

자식 얼굴

이마에
주름살이
벌써 저렇군,

아픔으로 오는
머언 범종소리.

까치밥

꼭대기
가지 높아
따지 못하니
까치밥 하란다,

속 보이는 선심.

고희古稀 지나서

메아리
없는 산길
목이 마르다,

억새 핀 재 너머
주막 있으려나.

달맞이꽃

가족들
잠이 들고
밀쳐둔 시간

엄마는 그제야,
거울을 봅니다.

선
線

점 하나
먼 길 왔다,

뒤돌아보는
긴 선線 굽이에
낙조가 따습다.

태종대 등대

세월이

비켜가는

서라벌의 넋

현해탄 지켜

내일 사는 혼불.

자갈치

'오이소' '보이소' '사이소'

바람에
쓸려 가는
고향 사투리,

세월을 붙든다.

가랑잎

가벼이
길 떠나는
너를 보면서,

석양길 내 봇짐
무게를 느낀다.

송월 松月

하늘길
하 멀어서
벗을 찾는다,

솔은 여깄는데,
이백李白은 어딨나?

오해

사랑엔
거짓 없다
맑은 물이라
변하기 쉬울 뿐.

뚝배기

구들목
이불 아래
묻었던 정을
세월로 우려
곰국이 따습다.

도래지 渡來地 해거름

바람이
서각서걱
시월 모래톱,

떠난 발자국을
품어 안는 갈숲.

어찌 하오리까?

하얗게
쪼갠 장작
맑은 솔내가,

잿빛으로 타는,
치매의 화톳불.

거미줄

허공에
둥지 털어
팔십 년인데,

네 미소 한 점,
달랑 걸려 있다.

소주잔

어제는
울음이요
오늘은 시름,

노을 묻은 잔에
나이가 무겁다.

빈 의자

오실 줄
믿사옵기
가난도 좋은
기다림 삽니다.

지구본

막내가
학교 간 뒤
책상 위에는
곰돌이가 앉아
지구본을 본다.

혼자서
심심하면
먼 바다 저쪽
세계 구석구석
여행하라 했다.

여행

낯선 곳

찾아가는

설렘이 좋고,

내 집 묵은 정

깨달아 더 좋고.

오동나무

너른 잎
두드리는
가을비 얘기

거문고 빈 속에,
울음으로 나다.

공항에서

꿈 많은
날개 짓에
하늘 멀어도,

설렘으로 가는
노을 속 기러기.

겨울을 사는 마음

바위

세월이
같이 가자
졸라대지만,

세상사 재밌어
아직은 안 갈래.

풍경소리

산바람
품속에 든
고운 소릿결,

절집 처마에
풀어 놓고 간다.

어느 할머니의 욕심

쫄깃한
라면 맛이
너무 좋아서
죽을 수 없다던.

지리산
그 할머니
떠나는 날도
행복했을 거야.

다이어트

한 숟갈
더 먹은 죄
두 숟갈 굶는
형벌을 삽니다.

촛불

이룰 수
없음이라

차라리 울어
꿈을 지웁니다,

밤을 새는 합장.

풍선

한 줌의

바람에도

배불러하는

무소유를 산다.

시계

자꾸만

빨라지니

고쳐주세요

환갑 지난 시계.

연
鳶

한 가닥
인연 쥐고
바람을 우는
종이새 한 마리.

꽃샘추위

수선화

요염함에

마음을 뺏겨,

가던 길 멈춘

동장군은 사내?

치매

번뇌는
끝없구나
차라리 잊자,

알고도 모르고,
모르고도 몰라.

가로등

어디든
가자시면
함께 할게요,

밤을 옷 벗는
도회의 요정들.

슬픈 공간

아파트
키 높이로
가려진 하늘,

자투리 여백에,
풀이 죽은 낮달.

여행마니아

바다도

산도 강도

사람까지도

새것이 좋으니,

난 바람둥인가?

생명 앞에서

병아리
몇 달 키워
낳은 첫 알이
손 안에 따습다.

지문

한평생
사용하라
신이 준 인감,

닳아 희미하니,
신도 못 믿겠다.

석류

남몰래
자라는 정
감출 수 없어
가슴을 찢는다.

그 이름

나직이
불러 본다,

삶을 알게 한
내 마지막 재산.

선거

속는 줄
알면서도
다시 찍는다,

자식 둔 부모 맘,
기다림을 살 듯.

달 항아리

망국의
한을 삼켜
목이 멘 세월,

달로 뜨는 침묵.

냉장고

임 만날
그 날까지
순결하려고,

차고 어두운
수행修行을 삽니다.

시골버스

숨가쁜

서울의 삶

현기증 일어

시간이 더딘 곳,

찾아 떠납니다.

첫눈

극한의
무질서가
펼치는 횡포,

신의 행위 예술,
너를 이름이라.

족보

구름 먼
할아버지
심으신 느티,

결삭은 가지에
속잎 피는 소리.

하얀 꽃

몸 붉고
맘 푸른데
겨울이 오니

하얗게 내린 눈
꽃인 양 하리라.

겨울비

차라리
눈이라면
털어나 볼 걸,

외투 깃에 배는
눈물 같은 사람.

백자병

울음을
삼켜버린
창백한 침묵,

기다림 겨워
야위는 목덜미.

고택 古宅

기왓골

내린 햇살

너무 가벼워

나도 몰래 울컥.

아버지의 눈물

헛기침
성난 얼굴

먼 산을 보며
삼키는 뜨거움.

눈 밟는 소리

거기도
눈 옵니까?

사박사박
혼자 가는데,

곁으로 오는
웬 발걸음소리?

살얼음

동장군
잠이 깰까
조심스러운
겨우살이 얘기.

손님

괜스레 잠 설치고

커튼을 연다

너였구나!

첫눈.

석가탑

ㅣ 아사달에게

정釘으로
세월 쪼아
쌓은 목마름,

차건 날개 끝에,
바람으로 울다.

영지

ㅣ아사녀에게

손 모아

기도하는

하늘바라기,

발돋움 천년을

듣는 바람소리.

항아리

김치가
내 품에서
신방 차렸다,

추위 매서워도
사랑은 익는군.

꿈

첫눈 때
사박사박
가슴으로 와,

한 자락 커피 향
두고 간 그 사람.

먼 나라
그곳에도
눈은 내릴까?

쌓인 눈 무너져
길 행여 끊길라.

세밑

배낭을
열어 본다,

무얼 버려야
짐이 가벼울까?

헌옷 1

풀 먹여
깃을 세운
모시 저고리,

낡아도 곧은 올,
엄마의 자존심.

헌옷 2

해어진
자락자락
엄마가 보여
차마 못 버리고,
도로 농에 넣다.

화려한 선물

뜨겁고
검은 미로迷路
굽이 돌아서
향으로 오는
아침커피 한 잔.

수리 조선소

녹이 슨
바지선에
감기는 안개,

바람에 부쳐 온,
항해일지 한 쪽.

무제 無題 1

겨우내
땅심 빨아
틔운 여린 싹,

한파에 꺾인다,
신은 죽었는가?

무제 無題 2

촛불과
입 맞추며
밤을 샌 어둠,

새벽 첫차로
함께 줄행랑을.

사진 / 차인식

차茶 따라 절기 따라

작약차

한 줄금
따슨 손길
너를 부르면,

포시시 웃는
5월의 그 약속.

비트차

없는 듯
여린 향에
내린 여심女心이,

와인 빛 고운
유리잔에 탄다.

국화차

찬 서리
너는 알지
맑은 겨울 향,

동지 바람소리
우려내는 행자行者.

우전차 雨前茶

아직은

손이 시린

쌍계사 별살,

노승의 다로茶爐에

봄 눈 녹는 소리.

우엉차

불혹不惑에

헤어졌던

네 목소리가

생각나는 이순耳順.

홍차

살포시
가슴 열고
다가서는 너

입술 발그레
안겨오는 오월.

커피

달더라
너를 알 때

쓰디쓰더라
너와 헤어질 때.

보이차

세월아
일어나라
잠이 길구나,

샘 깊은 물에
봄이 다 녹았다.

입춘 立春

추위 속
오는 너를
기다리는 맘,

이름 크게 써
대문에 붙인다.

우수 雨水

섬동백
가지 끝에

뜨건 불씨가
숨을 고릅니다.

경칩 驚蟄

하늘문
활짝 열고
내린 달빛에,

놀란 개구리
화답의 한 울음.

춘분 春分

꽂아둔
막대기에
내리는 뿌리

신의 얼굴이다.

청명
清明

꿈처럼

스며들어

물보다 맑게

꽃보다 곱게

생명의 시詩를 써.

곡우 穀雨

가슴이

저려오는

기다림이다,

촉촉이 젖는

가녀린 목소리.

입하
立夏

청보리
익는 나절
늙은 뻐꾸기,

메아리로 듣는,
보릿고개 울음.

소만 小滿

녹음의 화사함을
여왕이라고?

여왕님 손 빌어
보리밭 뼀으면.

망종
芒種

산 따라
굽은 논둑
물대는 날엔
찔레꽃 향이
왜 그리 짙던지.

하지 夏至

햇살이

따갑구나

고추잠자리,

붉은 재롱에

하루 해가 짧다.

소서
小暑

입맛이

떨어지니

무얼 먹을까?

시선이 멈추는

삼계탕집 간판.

대서 大暑

멀리 온
친구 편지
답장을 쓴다,
나만의 하안거夏安居.

입추 立秋

코앞엔
무더윈데
가을 온다고?

지레 서두는,
선인의 피서법?

처서
處暑

'방 빼라'
'좀 더 있자'

실랑이하는
귀뚜리와 매미.

백로 白露

아직도
따가운데
산마루 석양,

흰 이슬 따먹는,
억새꽃 보겠네.

추분 秋分

그 하늘
속살 깊이
심어둔 설렘,

한 세월 익어
단풍 타는 소리.

한로 寒露

국화차
다려 놓고
창밖을 본다,

서리 하얀 길
행여 뉘 오실까.

상강 霜降

낙엽 비
맞으면서
고향길 가는
낭만논객이다.

입동 立冬

고향길
목로주점
술이 익는데,

여보게
한 모금
추기고 가시게.

소설
小雪

추수가
끝난 논에
첫눈 내린다,

솜이불 덮고
한 숨 푹 자란다.

대설 大雪

추위도
못 말리는
동심童心의 객기,

샛강 얼음장에
팽이 치는 소리.

동지 冬至

구들목
식어져서
잠 깬 하숙방,

그리운 그 새벽
탄불 갈던 소리.

소한
小寒

따슨 게
그리워서
작아지는 나,

겨울마음에는
사람내가 난다.

대한 大寒

정상에
올라서면
길은 내리막,

지레 봄 그려
눈이 가는 남창南窓.

청포도

ㅡ이육사 님께

포도즙
손에 묻혀
그렸던 꿈은

풀 선 모시적삼,
임 얼굴이었소.

올해도
청포도엔
분이 피는데

사무치는 얼굴,
왜 아니 뵙니까.

거울

1. 자화상
그리려는
여류화가들,

아침저녁 찾는,
작은 아틀리에.

2. 평생을
그려보는
그 얼굴인데,

올해 솜씨가
작년만 못하다.

세계지도

아이 땐
꿈을 꾸다
곧잘 그렸던
세계지도 탓에.

키 쓰고
동네 돌며
소금 빌었던
부끄러운 실수.

그 꿈 속
그 지도를
반도 못 돌아
해가 벌써 지네.

잃어버린 장난감

1. 어느 날
울 엄마가
장난감 줬다,

인슐린 주사기.

2. 해 뜨는
여섯 시면
주사놀이다,

난 의사 선생님.

3. 엄마가
구순 되어
내 놀이 뺐다,

울어버린 칠순.

해녀 海女

1. 돌담길
돌아돌아
동백이 붉어,

바다 가는 길
젖이 붓는 아침.

2. 해종일
자맥질로
기다림 따는,

긴 파람 소리
나이 잊은 노을.

오월 편지

— 김정숙, 명은애의 시집에

봄 가는 숲길 굽어
꽃이 지는 날
그 꽃잎 줍던 자매가 있더니.

흙 깊은 낙엽 속에
품은 산꿩알
새끼 된 소식 편지로 온 오월.

염전에서

1. 출가出家한 파도자락
화두話頭를 뇐다,

나는 누구인가
어디로 가는가.

2. 시간을 지탱하던
마지막 물기,

햇살 맞아 가고,
바람 따라 가고.

3. 존재의 의미마저
망각한 순간,

마침내 내리는,
하늘 꽃 희어라.

군무 群舞

1. 억새는
   산마루에
   시월이 높아,

   날 수 없는 꿈
   바람에 부치면.

2. 발붙일
   고향 멀다
   기러기 외롬,

   동지 찬 하늘에
   점자로 쓴 답글.

회고 回顧

1. 저승길 신을 만나
   되돌아 온 삶
   하루도 덤이라
   기도로 산 팔순.

2. 한 잠 꿈 깨고 나니
   겨울 나그네
   솔내 묻은 별 외
   무얼 더 바랄까.

3. 그 햇살 곱디고와
   어느 외딴길
   내 바람 되는 날
   사랑했다하리.

부르고 싶은 이름

— H 군을 보내고

맑아서 속 보이던 너를 품으며
씨앗 심었었지.

윤나던 얼음조각
볕이 좋아서
물로 돌아갔나?

흐름이 멀어지는 강줄기 어디
네 색깔 있을까?

옷섶에 배인 얼룩
마르고 나면
잊혀도 지리라.

언젠가 그날 되면 혼자 부를게
가을 같은 너를.

방탄소년단론

1. 각설이
   품바타령
   배고팠어도

   허기 속 익살로,
   제 신명 살더니.

2. 해지면
   갈 곳 없는
   장돌뱅이 한

   노을 지친 강을,
   흘러 저문 세월.

3. 돌아온
   비티에스
   잠을 깬 핏줄

   한풀이 절규가,
   폭죽으로 탄다.

동백

삼동三冬의
매서움에
속으로 가꾼
섬 색시 붉은 꿈.

반도 채
못 피우고
봄의 앞섶에
눈물로 지는가.

미련도
욕심이라
접는 마음이
꽃보다 곱구나.

자야子夜의 꿈

— 백석과 나타샤와 흰 당나귀

이 밤도 당나귀는
산골로 가고,
마가리 길엔
푹푹 눈 쌓이고.

눈 내린 대원각 뜰
모란 등걸은,
봄에 목말라
길상사 찾느니.

육십년 애오라지
끓여온 눈雪물,
흙 깊은 골에
온천수 샘 맑아.

해운대

1. 바다로 떠나고
바다에서 돌아오고

구름 먼 노을
가슴이 벅차

모래톱에 묻은
아린 꿈 씨앗들.

2. 억겁의 절규가
허상인들 어떠하리

늘 푸러 있는
그 작은 설렘

너를 기다림에
늙지 않는 약속.

강은 흐른다

초 판 1쇄 인쇄일 2021년 2월 22일
초 판 1쇄 발행일 2021년 3월 1일

지은이 안건일
펴낸이 윤명성
디자인 브랜드닷

펴낸곳 상상하라 출판신고 제2016-000166호
주 소 서울시 영등포구 여의대로6길 17, B-1003
전 화 0505-737-0050
팩 스 0505-737-0051
메 일 imagine_book@naver.com
ISBN 979-11-90599-09-2(03810)